Un agradecimiento especial a Lucy Courtenay

A George H. y Dominic McN.

DESTINO INFANTIL Y JUVENIL, 2014
infoinfantilyjuvenil@planeta.es
www.planetadelibrosinfantilyjuvenil.com
www.planetadelibros.com
Editado por Editorial Planeta, S. A.

© de la traducción: Macarena Salas, 2014

Título original: *Hawkite. Arrow of the Air*
© del texto: Working Partners Limited 2009
© de la ilustración de cubierta e ilustraciones interiores:
Brian@KJA-artists.com - Orchard Books 2009
© Editorial Planeta, S. A., 2014
Avda. Diagonal, 662-664, 08034 Barcelona
Primera edición: febrero de 2014
ISBN: 978-84-08-12427-6
Depósito legal: B. 115-2014
Impreso por Liberdúplex, S. L.
Impreso en España – Printed in Spain

El papel utilizado para la impresión de este libro es cien por cien libre de
cloro y está calificado como **papel ecológico**.

Halkon, la flecha en el aire

ADAM BLADE

$\mathcal{B}$ienvenido a un nuevo mundo...

¿Pensabas que ya habías conocido la verdadera maldad? ¡Eres tan iluso como Tom! Puede que haya vencido al Brujo Malvel, pero le esperan nuevos retos. Debe viajar muy lejos y dejar atrás todo lo que conoce y ama. ¿Por qué? Porque tendrá que enfrentarse a seis Fieras en un reino en el que nunca había estado antes. ¿Estará dispuesto a hacerlo o decidirá no arriesgarse con esta nueva misión? No se imagina que en este lugar viven personas a las que le unen varios lazos y un nuevo enemigo dispuesto a acabar con él. ¿Sabes quién puede ser ese enemigo?

Sigue leyendo para saber qué va a pasar con tu héroe...

Velmal

PRÓLOGO

El campo estaba desolado, y la cosecha, esparcida por el suelo; ya no servía para nada. Harvin y su padre caminaban entre los brotes rotos de trigo, mirando los restos de los cultivos.

—No me lo puedo creer —gruñó el padre de Harvin—. Otra cosecha destrozada.

Era demasiado. No podían seguir así. Harvin sabía que a su padre ya no le quedaba nada para vender. El granero estaba vacío y hacía ya tiempo que se habían quedado sin ganado. Todos en Gwildor estaban desesperados por la comida. Y ahora esto...

Harvin se moría de hambre y le sonaban las tripas.

—¿Qué vamos a comer esta noche? —preguntó.

Su padre negó con la cabeza.

—No lo sé —dijo—. Estas tormentas... aparecen de la nada y lo arrasan todo.

Se quedó en silencio. Harvin sabía que su padre estaba pensando en la noche anterior, cuanto estuvieron a punto de perder la granja. El viento había levantado las tejas y azotado las ventanas hasta romper los cristales.

De pronto, el aire se volvió frío. Una sombra cubrió el campo destrozado por encima de Harvin y su padre. Miraron hacia arriba y cayeron de rodillas muertos de miedo. Algo volaba sobre sus cabezas. A pesar de estar muy alto en el cielo, sus anchas alas producían una sombra que se extendía de un lado al otro del campo. Parecía un halcón. Pero no podía ser. Era demasiado grande y su cabeza desplumada se parecía a la de un buitre.

La Fiera lanzó un chillido de furia. Halvin se agachó mientras el animal planeaba hacia el suelo. Su gigantesca sombra se hizo aún más grande. Todo se volvió negro a medida que se acercaba a ellos.

Ahora podían ver sus crueles espolones, afilados como cuchillos, que los apuntaban. Un olor agrio a carne muerta hizo que a Harvin le entraran arcadas y se tapara la nariz. La Fiera continuó planeando hacia abajo, cortando el aire como una flecha negra. Harvin pudo apreciar sus ojos malvados que despedían un brillo rojo. Algo brillaba en un lado de su ala, unas extrañas plumas verdes que parecían estar fuera de lugar en el cuerpo de aquel inmenso pájaro de colores.

—¡Vamos a morir! —susurró Harvin. Agarró con fuerza la mano de su padre temblando de miedo.

La Fiera agitaba sus alas y el viento los golpeó como una almádena. Los árboles situados a ambos lados del campo se cayeron al suelo, astillándose con la fuerza del vendaval. Las pocas plantas que quedaban salieron arrancadas de sus raíces y volaron por los aires. Harvin consiguió agarrarse al poste de una valla. Se sujetó con fuerza mientras el viento intentaba desgarrarle la ropa. Sintió cómo se iba soltando la mano de su padre a medida que el viento tiraba de él. Era mala señal. Su padre no podía aguantar más.

La Fiera volvió a batir las alas. El poderoso viento levantó al padre de Harvin como si fuera de paja y lo lanzó contra un árbol. Se oyó un crujido espantoso. El hombre cayó al suelo, como un saco de piedras.

Sollozando de terror, el chico se agarró con las dos manos al poste. La Fiera volaba más bajo. El viento de sus alas silbaba en los oídos de Harvin. Éste enterró la cara en su brazo y deseó que todo fuera un sueño. Pero sabía que era real. Esta vez no iba a despertarse.

CAPÍTULO UNO

UN NUEVO RETO

El mar verde esmeralda rompía contra la costa de Gwildor. Tom y sus tres compañeros, Elena, el caballo *Tormenta* y el lobo *Plata*, observaban las olas, maravillados por la riqueza de sus colores.

Tom apenas podía creer que siguiera vivo después de su horrible batalla con *Krab*, la primera Fiera de Gwildor.

El dolor de su mano derecha le recordaba a la batalla que había lidiado bajo el mar. Tom había roto el maleficio del

17

malvado Brujo Velmal, que mantenía prisionero al cangrejo gigante, y *Krab* volvía a defender Gwildor. Pero Tom sabía que eso sólo había sido el principio: lo esperaban otras cinco Fieras en Gwildor, y todas ellas sometidas al mismo maleficio de Velmal. Si quería salvar el reino de Gwildor, Tom y Elena debían liberarlas a todas.

Pero no iba a ser fácil. Freya, la Maestra de las Fieras de Gwildor, se había aliado con Velmal, y ahora era la enemiga de su propio reino, lo que quería decir que ésta era la Búsqueda más peligrosa a la que iban a enfrentarse.

Tom flexionó su mano dolorida para ver cómo estaba. Sintió un dolor intenso. Una extraña cicatriz verde había aparecido en la mano, en el lugar donde *Krab* lo había agarrado con su fuerte pinza.

—Ojalá Aduro y Taladón nos hubieran dicho a qué tipo de Fiera nos íbamos a enfrentar —dijo Elena pasando el dedo pulgar por el borde afilado de las puntas de sus flechas. Su lobo gris gruñía suavemente a su lado.

Tom sonrió al oír mencionar a su padre: Taladón, el Maestro de las Fieras de Avantia. Por fin estaba libre de la magia diabólica de Malvel, y ahora, junto al buen brujo Aduro luchaba para mantener Avantia a salvo.

—Nos dijeron todo lo que podían —le recordó Tom a Elena, acercando la mano para acariciar el grueso pelaje de la cabeza de *Plata*.

Elena miró a su alrededor.

—Este lugar me resulta un poco extraño —dijo—. Es casi demasiado bonito.

—Gwildor y Avantia son reinos gemelos —dijo Tom—. Creo que nos acostumbraremos en seguida.

—Eso espero —dijo Elena volviendo a meter sus flechas en el carcaj—. Si Gwildor se hunde, Avantia irá detrás.

Tom asintió.

—Vamos a ponernos en marcha —dijo. Tocó el amuleto plateado de Avantia que colgaba de su cuello. En su última Búsqueda de Fieras, en la Tierra Prohibida de Avantia, había recuperado los seis trozos del amuleto para que su padre dejara de ser un fantasma y volviera a ser de carne y hueso. Tom lo miró y admiró el brillo del disco azul que había en el centro. Lo giró y observó el mapa mágico de Gwildor tallado en la parte de atrás. No se perderían siempre que tuvieran el amuleto.

Un dolor agudo le recorrió el brazo y se le cayó el amuleto de la mano. ¡Cómo le gustaría que *Krab* no lo hubiera atrapado con su pinza venenosa!

—¿Estás bien, Tom? —preguntó Elena, preocupada.

Su amigo forzó una sonrisa.

—No te preocupes por mí —dijo.

A su lado, *Tormenta* movió la cabeza y relinchó. Con la mano buena, Tom acarició las crines negras del caballo.

—No pasa nada, muchacho —lo tranquilizó—. Hemos pasado por cosas peores, ¿no? Es hora de encontrar a la siguiente Fiera de Gwildor.

Tom volvió a coger el Amuleto y lo sujetó todo lo fuerte que pudo. En el mapa aparecieron dos caminos rojos que brillaban y palpitaban. Tom sabía que uno de los caminos lo llevaría a la Fiera, y el otro, a la recompensa que lo ayudaría en su Búsqueda: uno de los objetos mágicos que pertenecía a la Maestra de las Fieras antes de que Velmal la hubiera sometido a su maleficio.

—¿Qué muestra el amuleto? —preguntó Elena.

Tom señaló los dos caminos rojos que brillaban en el talismán plateado. Esta vez, a diferencia de su Búsqueda anterior, en la que tenían que encontrar a *Krab*, ambas líneas iban en la misma dirección.

—Mira —dijo señalando una pequeña figura que apareció donde ambos caminos terminaban—. Gavillas de maíz, una granja.

—Pero no veo a la Fiera con la que nos tenemos que enfrentar —dijo Elena, preocupada.

—Tenemos que confiar en el amuleto —contestó Tom colgándoselo de nuevo—. La última vez nos llevó hasta *Krab*, y estoy convencido de que cuando llegue el momento, nos llevará a la siguiente Fiera.

Tom se subió a la silla de *Tormenta*. La mano le dolía mucho, pero intentó que no se notara. Con mucho esfuerzo, ayudó a Elena a subir detrás. Los animales parecían sentir la urgencia de la Búsqueda. *Tormenta* pateaba el suelo y *Plata* iba de un lado a otro, soltando aullidos bajos. Tom hizo girar a *Tormenta* y se metieron tierra adentro.

Aunque intentaba concentrarse en el nuevo reto que lo esperaba, Tom no podía dejar de pensar en la visita que les había hecho Velmal al poco tiempo de llegar. Freya, la Maestra de las Fieras, estaba con el malvado brujo de pelo rojo intenso. El chico tembló sólo de pensar en sus ojos salvajes y el pelo ne-

gro de la mujer. Por culpa de Freya, Gwildor estaba en peligro. Tom sabía que debía detestarla, pero también sabía que Freya estaba sometida al control de Velmal, igual que las Fieras de Gwildor. Algo en ella lo atraía, pero no sabía por qué.

Movió la cabeza. Él también estaba impaciente. Ahora no era el momento de rebuscar en el pasado. Debían encontrar a la Fiera y liberarla.

EN BUSCA DE LA RECOMPENSA

Gwildor se extendía delante de ellos como una sábana verde, azul y dorada. Elena exclamó maravillada y se volvió en la montura del caballo para apreciar el paisaje.

—¡Es precioso! —murmuró—. ¡Mira qué colores!

Tom tenía que admitir que Gwildor era incluso más bonito que Avantia. Los colores eran más ricos y el aire más puro. Hasta las nubes que había en el cielo azul profundo tenían un color blanco intenso.

Volvió la cabeza para mirar a Elena por encima del hombro.

—Este lugar tiene algo especial —dijo buscando las palabras—. Me da la sensación de que ésta es la Búsqueda más importante que hemos hecho hasta ahora.

—Todas nuestras Búsquedas han sido importantes —señaló Elena.

—Sí, pero... —Tom se detuvo. No sabía cómo explicarle a Elena que para él, liberar a las Fieras de Gwildor era algo más personal.

Llegaron a la entrada del valle y la vista dejó a Tom sin respiración. Las colinas redondeadas tenían un color verde esmeralda, y un río de color turquesa bajaba entre las rocas. Era realmente el lugar más bonito que había visto nunca.

Bajaron por el valle y volvieron a mirar el amuleto para comprobar que iban por el camino correcto. Elena admiraba los preciosos pájaros que surcaban el cielo. Los colores de las flores del camino parecían palpitar. *Plata* las olisqueaba y estornudaba cuando el polen amarillo le hacía cosquillas en el hocico.

Cuando llegaron hasta el final del valle, el sol empezó a ponerse. Los haces de luz dorada le daban a la tierra un aspecto de estar ardiendo. Tom llevó a *Tormenta* hasta la orilla musgosa de un río.

—Vamos a pasar aquí la noche —le sugirió a Elena.

Plata ya se había acercado a una zona de musgo verde y estaba descansando.

—A *Plata* le parece buena idea —se rió ella—. Iré a buscar algo de leña para hacer una hoguera.

Tom ató a *Tormenta* al tronco cobrizo de un avellano. Después fue a encender un fuego con la leña que había recogido su amiga. Pronto las llamas producían luces y sombras en el campa-

mento. Hasta el fuego brillaba más en Gwildor.

Comieron queso y pan bajo una luna llena y blanca que iluminaba su campamento. Mientras Elena avivaba las llamas, Tom sacó el amuleto y estudió el mapa.

Ahora estaban tierra adentro y los caminos se dividían en distintas direcciones. Uno iba hacia un pueblo de tejados redondeados, y el otro llevaba a la plantación de maíz que Tom había visto antes.

Elena miró a su amigo.

—¿Qué camino deberíamos tomar? —preguntó.

Tom sabía que lo primero que debía hacer era encontrar la recompensa de Freya. Si ocurría lo mismo que había pasado con *Krab*, la recompensa le daría un poder mágico que podría usar para vencer a la siguiente Fiera. Observó el mapa con atención. Al final del camino que daba a la granja, vio una pequeña imagen de algo que parecía un pájaro. Debajo del pájaro había algo escrito. Tom ladeó el amuleto para poder leerlo bajo la luz del fuego y vio que ponía *Halkon*.

—Ésa debe de ser la Fiera —dijo señalando la imagen del pájaro para que Elena la viera. Con el dedo, recorrió el otro camino que daba al pueblo—. Y aquí hay un anillo. Mira —dijo señalando un círculo en miniatura—. ¡Ésa debe de ser la recompensa!

Plata salió de las sombras donde había estado cazando. *Tormenta* pastaba tranquilamente la hierba de Gwildor que crecía a sus pies.

—Mañana iremos a buscarlos —dijo Elena, adormilada. Se tumbó y puso la mano sobre el cálido pelaje de su lobo—. Buenas noches.

Al poco rato, la muchacha respiraba profundamente y Tom sabía que se había quedado dormida. Él también apoyó la cabeza en el suelo. Le habría gustado poder relajarse tan fácilmente como su amiga, pero en su mente daban vueltas miles de preguntas. ¿Cómo sería la nueva Fiera? ¿Podrían vencerla? ¿Y por qué tenía esa sensación tan extraña y a la vez familiar al estar en Gwildor?

La luna empezó a bajar en el cielo antes de que Tom se quedara dormido. En sus sueños vio a Freya, Velmal y la silueta en sombras de la Fiera con forma de pájaro...

Halkon.

A la mañana siguiente, poco después de salir del valle, se encontraron con una bifurcación en el camino. Uno de los caminos se perdía entre las colinas. El otro seguía recto.

—Desde luego, podrían poner carteles —bromeó Elena mientras Tom hacía que *Tormenta* se detuviera.

El chico observó los caminos transitados y buscó el amuleto que llevaba colgado del cuello. Esa mañana, el dolor de su mano era más intenso y la cicatriz verde estaba más oscura. Pero antes de poder coger el amuleto y estudiar el mapa, *Tormenta* empezó a tirar de las riendas. Tom levantó la vista.

Plata se acercó a la bifurcación y olfateó el suelo. Sin dudarlo, el lobo se metió por el camino de la izquierda. Después se detuvo, volvió la cabeza y miró tranquilamente al resto del grupo.

—*Plata* quiere que lo sigamos —dijo Tom mientras *Tormenta* volvía a tirar de las riendas. Era una suerte tener unos animales con tanto instinto.

Le dio un ligero toque de talones al caballo y *Tormenta* relinchó y salió trotando por el camino de la izquierda, que estaba rodeado de matorrales.

—¡Mira cómo brilla ese pájaro! —Elena señaló un petirrojo que volaba entre la maleza—. Parece como si le hubieran dado una segunda mano de pintura.

Al pasar una curva, los matorrales desaparecieron revelando una hilera de cabañas que rodeaban un lago. Los tejados dorados de paja brillaban bajo el sol, y el agua del lago era de color azul como el zafiro. En algún lugar, entre esas cabañas, estaba el anillo que Tom tenía que encontrar.

El muchacho movió la cabeza y sonrió para saludar a unos campesinos de ropas coloridas que habían salido de sus casas para observar a los recién llegados.

—Por favor, no tengáis miedo —dijo

Elena al ver que a la gente la asustaba su gran lobo gris—. No hace nada.

Nadie sonrió. Tom notó que a pesar de los colores de su ropa y el buen aspecto de sus casas, todos tenían la cara muy delgada y hundida con grandes ojeras.

La ropa colgaba de sus delgados cuerpos como si fueran espantapájaros.

Tom y Elena intercambiaron una mirada de asombro.

—¡Están muertos de hambre! —le dijo en voz baja.

CAPÍTULO TRES

UNA VERDAD PINTADA

Los campesinos avanzaron hacia ellos. *Tormenta* retrocedió agitando las crines. Tom agarró con fuerza las riendas.

Salió más gente de las casas. El chico los observó con los ojos entornados. Sabía que cuando la gente estaba desesperada podía hacer cosas desesperadas...

Pronto la gente del pueblo había rodeado a Tom y Elena. *Plata* gruñía. Elena se bajó de la montura y se acercó a su lobo. Algunas personas observaban a *Tormenta* y a *Plata* con cara de hambre. Parecía que estaban dispuestos a matarlos y comérselos si se les presentaba la oportunidad.

—Mira lo que nos ha traído el viento —dijo la voz de un hombre entre la multitud. La gente se acercó más alargando sus delgadas manos. *Tormenta* retrocedió y Tom se bajó de la silla.

—Hemos venido a ayudaros —dijo a la multitud silenciosa.

—¡Nadie puede ayudarnos! —contestó el hombre que había hablado antes. Su voz era amarga. La multitud asintió con un murmullo y se acercó más a Tom y Elena.

—¡Abrid paso! —gritó una voz temblorosa desde la parte de atrás de la multitud—. ¡Apartaos de mi camino! ¡Vamos! ¡Bienvenidos! ¡Bienvenidos!

Los campesinos se apartaron sin dejar de murmurar. Tom vio a una anciana arrugada con un vestido brillante morado que se abría paso entre la gente. Su ropa colgaba sobre su cuerpo huesudo. Miró intensamente al muchacho con sus ojos hundidos, como si lo hubiera visto antes en algún lugar. Se acercó a los dos amigos. Por la manera en que el resto de la gente bajaba la cabeza respetuosamente a su paso, Tom supuso que era la que mandaba en el pueblo.

—¡Venid! —dijo la mujer con la voz quebrada—. Mientras yo esté al mando seréis bienvenidos.

Agarró a Tom y a Elena sorprendentemente fuerte. Los campesinos se separaron y volvieron a sus cabañas. Tom miró por encima del hombro mientras la mujer los arrastraba hacia su casa.

Notó que algunas personas los miraban con resentimiento. Estaba claro que habían hecho enemigos en ese extraño lugar. Sujetando con fuerza las riendas de *Tormenta*, el chico dejó que la mujer los llevara. Estaba agradecido por su ayuda.

—Por aquí. —La mujer no dejaba de observar a Tom—. Casi hemos llegado...

—Espero que no sea una trampa —susurró Elena.

Tom también lo esperaba. Pero ¿qué otra opción tenían? No podían quedarse con los desesperados campesinos.

La casa de la anciana estaba al final del pueblo. Una pequeña mesa descansaba en la pequeña vivienda de paja. La anciana le dijo a Tom que metiera a *Tormenta* en el establo.

—Estará a salvo, todo lo a salvo que puede estar... —dijo, y después empujó al chico por la puerta de su cabaña. Ele-

na y *Plata* lo siguieron, agachándose
para pasar por debajo del marco de la
puerta.

Dentro, la cabaña era oscura y cálida.
Unas gachas aguadas borboteaban sobre la lumbre.

Tom frunció el ceño mientras observaba a la anciana. ¿Cuánto podría revelarle de su Búsqueda?

—Habla —dijo la anciana tranquilamente—. Vienes en busca de algo, ¿verdad?

Elena se quedó sorprendida.

—¿Cómo...?

A Tom también le sorprendió la pregunta.

—Sí —dijo por fin. Sabía que no le quedaba más remedio que decirle la verdad—. Un anillo. Creemos que está aquí, en el pueblo. ¿Sabe dónde lo podemos encontrar?

Parecía una pregunta imposible. Seguro que si los ciudadanos del pueblo supieran que en algún lugar había un anillo valioso, ya lo habrían encontrado y vendido para comprar comida. Pero Tom tenía que saberlo para poder continuar con su Búsqueda.

—Por supuesto —dijo la anciana—. En el cuadro.

El muchacho miró a su amiga. Elena movió la cabeza. Estaba tan confundida como Tom. «¿Qué cuadro?»

—Venid —dijo la anciana acercándose a una escalera que había en la esquina de la habitación.

Tom y Elena la siguieron. *Plata* se tumbó en el suelo esperando a que regresaran.

La escalera daba a un desván polvoriento. Las telarañas colgaban de las vigas como velos, y en un extremo había una sábana amarilla tapando algo.

La anciana cogió la sábana por una esquina y la apartó con un movimiento de muñeca dejando al descubierto un cuadro grande apoyado en la pared. En lo que parecía un lienzo de seda, estaba el retrato de un chico y una chica. Tom no podía creer lo que veían sus ojos. Los pensamientos le daban vueltas en la cabeza. El chico tenía el pelo marrón y llevaba una espada y un escudo. La chica tenía un carcaj con flechas colgado a la espalda. ¡Eran exactamente iguales que ellos! ¡Pero eso era imposible!

Tom lo observó detenidamente. El chico del cuadro llevaba la espada en la mano izquierda. ¡Y él era diestro! Aparte de eso, el parecido era increíble. Se acercó temerosamente al cuadro. Pasó los dedos por el brazo del chico hasta que llegó a la mano.

Tom se quedó de piedra. En la mano derecha el chico llevaba un anillo que chorreaba agua. Los ojos del chico parecían buscar los de Tom, como si lo estuviera retando. «El anillo...»

La anciana asentía y sonreía.

Tom se armó de valor y miró a Elena.

—¿Has visto eso? —preguntó señalando el anillo.

—Gotea agua —murmuró Elena frunciendo el ceño. Entonces los dos gritaron al mismo tiempo—: ¡El lago!

El cuadro les estaba diciendo dónde estaba escondido el anillo mágico.

—Vamos —dijo Tom corriendo hacia la escalera.

—¿Entonces has encontrado lo que

ibas buscando? —preguntó la anciana mientras Tom bajaba los primeros peldaños.

—¡Sí, gracias! —dijo antes de llegar al piso de abajo donde esperaba *Plata*. No había tiempo que perder. Estaba convencido de que el anillo mágico se encontraba en las aguas azul zafiro del lago del pueblo.

Antes de que Tom pudiera salir de la casa, la anciana bajó lentamente la escalera y le puso la mano huesuda sobre el hombro.

—Eres tú, ¿verdad? —dijo. Una mirada febril se dibujó en sus ojos—. El chico del cuadro. Por fin has venido.

Tom le cogió la mano con delicadeza y movió la cabeza.

—Lo siento —dijo—. Se parece a mí, pero es imposible. Ahora debemos irnos.

Elena estaba justo detrás, y *Plata* ladraba impaciente en sus talones. Tom atravesó corriendo la puerta y salió a la brillante luz del día. Tenía que encontrar el anillo.

¡Su Búsqueda dependía de ello!

CAPÍTULO CUATRO

EL SECRETO DEL LAGO

Tom y Elena pasaron corriendo al lado de unas personas que los miraban sorprendidas y se dirigieron el centro del pueblo, donde estaba el lago azul.

—¿Te has fijado en el cuadro? —Elena jadeaba cuando alcanzó a su amigo. *Plata* corría tranquilamente a su lado—. Éramos nosotros, Tom. ¿Qué quería decir la mujer con eso de «por fin has venido»? El chico de la playa también te reconoció. Dijo que eras el de la profecía.

—Ahora no puedo pensar en eso, Elena —dijo Tom negando con la cabeza—. ¡Tenemos que encontrar el anillo!

Llegaron al lago que brillaba bajo el sol. Era difícil saber lo profundo que era; el centro del lago estaba tan oscuro que parecía prácticamente negro. No había patos ni peces. Tom sospechaba que se los habrían comido hacía mucho tiempo. Todavía estaba algo alterado por las palabras de la mujer y el misterioso cuadro. Algo extraño estaba sucediendo en Gwildor. Pero tenía que concentrarse. Debía encontrar la recompensa.

Se quitó el escudo y la espada, se los pasó a Elena y se preparó para meterse en el agua. Notó la perla mágica que tenía en el bolsillo y la sacó. Era una recompensa que lo había ayudado a vencer a *Krab* y le daba el poder de respirar debajo del agua. Sabía que ahora también le resultaría útil. Corrió hacia el lago y saltó. La impresión al meterse en el agua fría fue muy intensa y salió a la superficie escupiendo y salpicando. Sabía que los ciudadanos del pueblo lo observaban con curiosidad desde la orilla del lago.

—¿Qué hace? —oyó decir a alguien—. ¡Está loco!

Llegó más gente. Algunos se reían. Tom vio que Elena lo miraba ansiosa desde la orilla. Metió la cabeza debajo del agua y sintió el calor de la perla en su mano mientras la magia empezaba a funcionar. Ahora que podía respirar empezó a rebuscar entre la tierra lodosa del fondo del lago. Un pequeño pez salió de entre unas cañas, un destello de luz anaranjada en el lodo.

Un poco más allá vio algo que brillaba. Tom buceó hacia allí, empezó a tirar
de las cañas y a arrancar las algas de raíz
y lo vio. El anillo brillaba mientras gi-
raba lentamente en las aguas revueltas,
como si estuviera llamándolo. Tom lo
cogió. Salió a la superficie, metió la per-

la en el bolsillo y sujetó en alto su nueva recompensa, triunfante.

El anillo pesaba bastante y estaba frío. Era dorado y brillante y tenía grabada la letra F a lo largo de toda su circunferencia.

F... Freya.

Tom estaba sorprendido de lo pequeño que era. Con mucho cuidado, se lo puso en el dedo meñique. Le apretaba bastante.

—¡Tengo el anillo! —gritó alegre mientras nadaba hacia la orilla del lago—. ¡El anillo! ¡Lo he encontrado!

Elena se acercó, cogió el brazo de Tom para ayudarlo a salir del agua y empezó a tirar mientras su amigo patinaba en la orilla resbaladiza de barro y por fin conseguía poner los pies en tierra seca. Los campesinos los rodearon. De pronto, el muchacho notó la punta de una daga en la espalda.

—Dámelo —gruñó el dueño de la daga, apretándola más contra su piel. Tom sintió que el filo rasgaba la parte de atrás de su túnica.

—¡Tom! —gritó Elena intentando soltarse de dos hombres que la habían atrapado. *Plata* ladraba salvajemente pero tenía demasiada gente delante y no podía defender a su dueña.

A Tom lo alejaron de la orilla a rastras. La multitud se aglomeró a su alrededor gritando y vitoreando mientras lo llevaban por el pueblo con las manos en la espalda. Había un hombre grande delante de una puerta, enrollando una cuerda en la mano.

—Danos el anillo —ordenó el de la daga poniéndosela a Tom en el cuello—. Es nuestro. Lo has encontrado en nuestro lago.

—No —dijo Tom tozudamente. Se estremeció al sentir una gota de sangre

cuando el hombre le clavó la daga un poco más fuerte.

—¿Es que no ves que nos estamos muriendo de hambre? —dijo el hombre de la cuerda—. Si no nos lo das, te obligaré a hacerlo.

Se acercó a Tom tensando la cuerda. Sus intenciones eran muy claras.

—¡Queremos comer! —gritó la multitud—. ¡Danos el anillo! ¡El anillo!

Detrás, Elena intentaba soltarse, pero la tenían bien agarrada.

Desde el otro lado de la plaza del pueblo, *Tormenta* relinchaba. Tom se volvió rápidamente y vio que tres hombres se llevaban al caballo hacia el lago. Una sensación de rabia lo invadió. ¡Habían sacado a *Tormenta* de los establos de la anciana! *Tormenta* se resistía dando coces y enseñando los dientes, pero no conseguía soltarse.

El chico sabía que no podía darles el anillo. Lo necesitaba para vencer a *Halkon*. Entonces recordó la perla mágica. Ya no la necesitaba para respirar debajo del agua. ¿Se la podría ofrecer a cambio a los campesinos?

Por un lado no quería hacerlo. La perla era de la Maestra de las Fieras. «¿Por qué tengo que dársela?», pensó enfadado.

Pero era la única opción que tenía.

Metió la mano en el bolsillo y la sacó. La sujetó en alto para que la multitud la pudiera ver. La luz del sol se reflejaba en su suave superficie. Los campesinos se acercaron con avaricia.

—Podéis quedaros con esto —dijo Tom— si dejáis que me quede con el anillo.

—¡Cógela! —gritaron los campesinos observando admirados la órbita brillante—. ¡Cógela!

El de la daga apartó el filo de su arma

de la garganta de Tom y extendió la mano hacia la perla. El chico se la dio.

Los hambrientos campesinos lo empujaron a un lado y corrieron hacia el mercado. No quedaba mucha comida, y la que había era muy cara, pero ahora podrían comprar algo.

Tormenta se acercó trotando por la calle vacía hacia Tom, con las riendas colgando por detrás. Sus captores lo habían soltado sin pensárselo dos veces.

—Gracias, Tom —dijo Elena agradecida corriendo hacia él con *Plata* a su lado. Los hombres que la tenían prisionera también la habían soltado y se habían ido al mercado con el resto de los campesinos. Elena frunció el ceño mientras acariciaba la cabeza de *Plata*—. Sé que tuviste que darles la perla, pero tengo el presentimiento de que fue un error. Necesitamos toda la magia que podamos conseguir.

—No sabía qué más podía hacer —admitió Tom—. El caso es que nos han dejado ir, y eso es lo importante.

Cogió las riendas de *Tormenta* y se subió a su montura. Le dolía la mano. Elena se subió detrás de él y *Plata* ladraba alegre mientras Tom agitaba las riendas. El caballo se puso al galope con el lobo corriendo a su lado.

—No tenía otra opción, Elena —dijo Tom hablando por encima del hombro mientras galopaban alejándose del pueblo de vuelta al camino de setos verdes—. Espero que algún día podamos recuperar la perla, pero de momento, ¡vamos a buscar a la Fiera!

CAPÍTULO CINCO

UN PRIMER VISTAZO

Tom tiró de las riendas de *Tormenta* cuando volvieron a llegar a la bifurcación del camino. El anillo dorado brillaba en su meñique bajo la intensa luz de Gwildor. Era impresionante

—¿Qué tipo de magia crees que te dará el anillo? —preguntó Elena revelando en voz alta los pensamientos de Tom.

—No lo sé —dijo él honestamente—. No me siento diferente desde que me lo puse.

Se bajó del caballo y sacó el amuleto plateado de debajo de su camisa. Los dedos de su mano herida estaban demasiado hinchados para cogerlo. Se lo puso con cuidado en la palma de la mano y observó el mapa. El otro camino, el que llevaba a la granja, brillaba más que antes. Observó atentamente la pequeña imagen de *Halkon*. ¿Cómo iba a capturar a esa Fiera?

Plata ladró confundido.

—¿Tom? —dijo Elena sonando asustada—. Tom, ¿dónde estás?

El muchacho levantó la cabeza.

—Estoy aquí —dijo sorprendido.

Elena se quedó boquiabierta.

—Pero... ¿dónde estabas hace un momento? —preguntó, confundida—. ¿Cómo...?

—El anillo —supuso Tom. Sonrió—.
¡Ahora ya sabemos cuál es su magia!
Cuando me muevo me puedes ver, pero
si me quedo quieto, desaparezco.

Se quedó todo lo quieto que pudo.
Elena abrió los ojos impresionada. Miró
de izquierda a derecha. *Tormenta* relinchó nervioso.

—Has vuelto a desaparecer —dijo.

Tom movió el brazo lentamente.

—¿Me ves ahora? —preguntó.

—No, sigo sin verte —dijo ella moviendo la cabeza. Entonces *Plata* se
acercó a Tom y le olió los tobillos.

El chico se movió y se agachó para
acariciarle la cabeza al lobo. Elena podía
verlo otra vez.

—A los animales no los he engañado
durante mucho tiempo —dijo Tom—.
Creo que en realidad no desaparezco,
sino que me confundo con el terreno,
como un camaleón.

Se volvió a quedar quieto. Se miró y vio que su ropa había adquirido una tonalidad gris. Miró por encima del hombro y vio que era del mismo tono de gris que la roca que tenía detrás. Empezó a reírse. Ahora sabía lo útil que podía resultarle este poder para ganar a la Fiera.

—Vamos —dijo agarrándose a las crines de *Tormenta* y subiendo de nuevo a su lomo con Elena. Tiró de una de las riendas para que el caballo fuera por el camino de la derecha—. ¡*Halkon* nos espera!

El camino tenía curvas y se alejaba del pueblo en dirección a la granja. La tierra que levantaba *Tormenta* con los cascos era pesada y rica, perfecta para los cultivos. Entonces, ¿por qué había tan poca comida en esa parte de Gwildor? No tenía sentido.

El seto verde se terminó abruptamente en un lado del camino. Parecía como si alguien lo hubiera arrancado y piso-teado.

—¿Hizo esto la Fiera? —preguntó Elena mirando el seto destrozado.

Tom siguió el seto con la mirada hasta el campo que había más adelante.

—Mira —dijo seriamente desmon-tando de *Tormenta*.

El campo que había delante estaba to-talmente desolado. La cosecha estaba arrancada y esparcida por todas partes. Sólo quedaban ramas muertas en el suelo. Era como si hubiera pasado un huracán.

—¿Te acuerdas de lo que dijo el cam-pesino del viento que nos había traído? —dijo Tom. Al otro lado del campo dis-tinguió el cuerpo inmóvil de un granje-ro cerca de un árbol. La cabeza le colga-ba del cuello en un ángulo extraño. Incluso desde tan lejos, era evidente que estaba muerto.

—Creo que es la Fiera, *Halkon*, la que crea ese viento. La gente se está muriendo. Debemos poner fin a esto ahora mismo.

Tom vio cómo Elena observaba la devastación. No había ningún lugar para resguardarse.

—¿Dónde estará escondida la Fiera? —preguntó—. ¿Qué vamos a hacer para que salga? ¿Y dónde nos vamos a esconder? No podemos luchar a campo abierto. Sobre todo si es capaz de controlar el viento. Nos haría salir volando como plumas.

Mientras Tom observaba el horizonte, *Tormenta* le dio un pequeño empujón con el morro. A lo lejos se veía una extraña figura acurrucada en el suelo. Parecía una roca enorme. A Tom le hubiera gustado seguir teniendo el poder de la supervisión que le había dado la armadura dorada en Avantia. Pero lo había perdido al ganar la batalla con *Sigilo*.

Se protegió los ojos de la luz brillante. La roca se movió. La silueta de un pico letal y afilado como un cuchillo se dibujaba contra el cielo azul. Sintió una oleada de terror y determinación a la vez. «¡*Halkon!*»

—Allí —dijo señalando.

Elena se quedó sin respiración al ver que la Fiera se movía. Sus imponentes alas brillaban intensamente bajo la luz del sol.

Tom se estremeció cuando la Fiera levantó su cabeza calva y fea y soltó un graznido, un chillido agudo que hizo temblar el suelo.

Tragó en seco.

—Es el pájaro más grande que he visto en mi vida —dijo.

—Lo venceremos —dijo Elena. El temblor en su voz le indicaba a Tom que su amiga estaba tan nerviosa como él.

Tom tocó su escudo mágico y su cinturón. Sí, había perdido los poderes que le daba la armadura dorada, pero todavía tenía otras destrezas que podía usar. La joya ámbar de su cinturón que le había dado *Colmillo* le daba la capacidad de luchar con gran habilidad.

«Voy a necesitar toda la ayuda que pueda conseguir», pensó.

Halkon extendió sus poderosas alas y las agitó lentamente, extendiéndolas en el horizonte como una gran losa de roca y bloqueando la luz. Al hacerlo, levantó un fuerte viento que casi tira al suelo a

los dos amigos. Elena gritó alarmada. Tom se tambaleó, pero recuperó el equilibro y cogió a su amiga del brazo. Tembló al darse cuenta de lo poderosa que era la criatura que tenían delante.

Halkon casi los había derrumbado con el viento que producía al agitar sus inmensas alas, y ni siquiera los había visto. ¿De qué sería capaz una vez que supiera que lo iban a atacar? Tom sintió una oleada de pánico. Esta criatura era mucho más poderosa que *Epos* o *Spiros*, las dos grandes aves con las que se había enfrentado antes. Si quería vencer a *Halkon*, debía ser mucho más astuto. Empezó a formar un plan en su cabeza...

Llevó a Elena detrás del seto.

—Creo que sé lo que tengo que hacer —dijo—, pero tendrás que ser muy valiente.

Elena sonrió.

—Siempre soy valiente —señaló.

Tom se preguntó si su idea sería demasiado peligrosa incluso para alguien tan valiente como Elena.

—Quiero usarte de cebo —dijo. Se volvió para mirar a su amiga—. *Halkon* se acercará si ve a una chica sola en medio del campo. No sospechará que es una trampa. Tenemos que usar mi nuevo poder de hacerme invisible para sorprenderlo y atacarlo. Pero todo depende de ti, Elena. ¿Estás dispuesta a hacerlo?

CAPÍTULO SEIS

LA TRAMPA

Elena se mostraba indecisa. Tom aguantó la respiración.

—¡Por supuesto que sí! —dijo sonriendo.

El chico respiró aliviado.

Elena era la persona más valiente que había conocido. Tenía suerte de tenerla como amiga. Volvió a mirar el campo. *Halkon* seguía agachado en el horizonte como si fuera una nube de tormenta.

—Entonces, vamos —dijo cogiendo la mano de Elena—. No hay tiempo que perder.

Ambos salieron de su escondite detrás del seto. Llegaron al campo devastado, todavía cogidos de la mano. *Plata* y *Tormenta* los siguieron de cerca. *Tormenta* hinchaba los ollares. Un olor muy desagradable se extendía hacia ellos desde donde estaba la Fiera. Los animales reconocían el olor y lo temían.

Era el olor de la muerte.

Tom miró de izquierda a derecha. Allí afuera no había ningún lugar donde esconderse. Si su plan salía mal... Intentó no pensar en ello. Elena tenía que concentrarse.

Cuando llegaron al centro del campo, *Halkon* levantó la cabeza. Tom se quedó helado, pero el pájaro no miró en su dirección. Un trozo de carne colgaba de su pico. El muchacho tembló al pensar en la pobre criatura que había terminado convertida en el almuerzo de la Fiera. *Halkon* lanzó el último trozo de carne sangrienta al aire y se lo tragó. Después extendió de nuevo sus inmensas alas y desapareció dando saltitos por detrás de un promontorio del campo.

Tom tembló. Sus alas eran más grandes de lo que había imaginado. Cuando la Fiera los descubriera, los aplastaría con un solo golpe de sus alas, como si fueran hormigas.

Sabía que nunca se había enfrentado a una Fiera de tal envergadura y que iba a poner la vida de su amiga en peligro.

Se dio la vuelta y cogió a Elena por los hombros.

—No tienes que hacerlo —dijo—. Es demasiado peligroso, Elena. No puedo permitir que te arriesgues.

Su amiga tenía una expresión de tozudez en la cara.

—No pienso echarme atrás —dijo—. Y tú tampoco.

Estaban en medio del campo. Elena sacó el carcaj con flechas que llevaba a la espalda y lo puso a sus pies. Ahora estaba indefensa.

Tom asintió mordiéndose el labio. Sabía que Elena tenía razón. Debían hacer todo lo que estuviera en su poder para no herir a la Fiera. Miró al promontorio del campo. No había ni rastro del pájaro gigante. Intentó no pensar en qué pasaría si, de pronto, *Halkon* apareciera con sus alas extendidas. Se agarró a las crines de *Tormenta* y subió a la montura.

—¡Buena suerte! —le dijo a Elena mientras clavaba los talones en los flancos del caballo. *Tormenta* salió al galope.

Plata corría grácilmente al lado del ca-

ballo, ladrando y mirando hacia Elena
una o dos veces. Ella se quedó quieta
entre los tallos de maíz rotos y vio cómo
se alejaban. Parecía muy pequeña. ¿La
habría visto la Fiera?

Mientras Tom galopaba para ponerse
a cubierto, casi podía sentir el pico afilado de la Fiera en su cuello y oler su
horrible aliento a carne podrida. Pero
consiguió llegar al otro lado del campo.
Halkon todavía no había salido.

Tom desmontó, dejó a *Tormenta* pas-
tando y esperó detrás de un trozo roto
de valla. Desde la distancia, Elena parecía más pequeña e indefensa que antes.
El cielo seguía tranquilo. Una leve brisa
soplaba entre las pocas ramas que quedaban en los árboles en un lado del campo. Mientras esperaba en silencio, el
chico podía oír su corazón latiendo con
fuerza.

¿Caería la Fiera en la trampa?

—Vamos —murmuró Tom para sus adentros observando el último lugar donde había visto a la Fiera. Se apoyó en la valla con su mano buena. El anillo mágico brillaba con la luz—. ¡Asómate, *Halkon*!

Unas hojas volaron cerca de sus pies y pegó un salto. La temperatura bajó como si algo hubiera apagado los rayos del sol y enviara unas sombras negras en su lugar. Una gran oleada de aire fétido lo levantó por los aires haciendo que se estrellara contra los restos de la valla en la que se había apoyado. Notó que las astillas se le clavaban en la piel.

Mareado, cayó al suelo. Movió la cabeza para intentar aclarar la mente y se volvió para mirar a Elena. Su amiga miraba al cielo horrorizada.

Él también miró. Al principio no veía nada. La oscuridad se extendía por todo el cielo. Con un grito de horror, Tom se

dio cuenta de que lo que estaba viendo era la parte de debajo de las alas de *Halkon* que se extendían de un lado al otro del campo.

La Fiera se acercaba.

CAPÍTULO SIETE

HORA DEL JUEGO

Halkon volaba en círculos sobre sus cabezas chillando salvajemente. Sus alas eran tan grandes que parecía como si la noche hubiera caído sobre el campo de Gwildor. La peste era insoportable. Tom veía los ojos brillantes en la cabeza calva de la criatura mientras ésta miraba hacia abajo, a su próxima víctima. Elena seguía inmóvil, como un ratón atrapado en la mirada de un ave de presa.

La Fiera movió sus grandes alas planeando en el aire como una rapaz.

Halkon chilló y se lanzó en picado. Elena se tiró al suelo. El viento era intenso. La Fiera la atrapó con sus espolones y después la soltó. Elena gritó. Pero parecía que la Fiera sólo estaba jugando con ella... por ahora.

Todo el plan de Tom se desmoronó en su mente. Sólo pensaba en cómo alejar a la Fiera de su amiga.

—¡Elena! —gritó avanzando hacia ella. El viento de la Fiera le dificultaba el paso tirándolo hacia un lado—. ¡Corre!

Plata ladraba salvajemente y corría

hacia su dueña. El viento chocaba contra su pelaje haciéndolo retroceder. El lobo se revolcó por el suelo, mal parado. *Plata* coceaba y se elevaba sobre sus patas traseras, moviendo su cabeza negra y brillante.

Elena parecía estar en trance. Permaneció de rodillas, observando intensamente los giros que hacía la Fiera por encima. Era como si ésta la hubiera hipnotizado.

Al darse cuenta de que Elena estaba demasiado asustada para moverse, Tom saltó la valla y corrió hacia ella. El viento lo golpeó sin piedad derribándolo al suelo más de una vez. El olor era nauseabundo. Con *Plata* a su lado, y *Tormenta* también, Tom recuperó las fuerzas y se levantó.

—¡Corre, Elena! —gritó. Pero su amiga no podía oírlo con el ruido del viento. *Halkon* volaba por encima como una sombra inmensa y mortal. Al mirar hacia arriba, Tom vio unas extrañas plumas verdes en un lado de su ala. Brillaban con la intensidad inconfundible de la maldad.

La Fiera movió las alas y las pegó al cuerpo. Había terminado de jugar y ahora se lanzaba desde el cielo, con los espolones hacia delante, lista para clavárselos a Elena en la carne y llevársela. Con un movimiento desesperado, Tom consiguió llegar a donde estaba su amiga y la apartó de las garras de *Halkon*. La mano le dolía mucho. Miró desesperadamente el brazo con el que sujetaba la espada mientras hacía un verdadero esfuerzo por desenvainar su arma. La cicatriz verde que le había dejado *Krab* con su pinza venenosa se había extendido y ahora le llegaba a la muñeca.

Los movimientos de Tom hicieron que Elena saliera de su trance.

—¡Tom! —gritó acercándose a su carcaj con flechas.

Pero era imposible que a Elena le diera tiempo de poner una flecha en su arco y disparar a la Fiera. ¿Sería ésta su última Búsqueda?

Tom se forzó a coger la empuñadura de su espada, a pesar del intenso dolor que le producía la cicatriz verde. Consiguió desenvainarla y con mucho esfuerzo la levantó en el aire. «¡Vamos!», se dijo mientras observaba cómo la Fiera se lanzaba hacia Elena con un brillo diabólico en los ojos. ¿Por qué no podía moverse más rápido ahora que tanto lo necesitaba?

Justo en ese momento, *Halkon* se detuvo. Se dio media vuelta y salió de nuevo gritando hacia el cielo.

—Todavía está jugando con nosotros —gritó Tom furioso mientras veía cómo la Fiera volaba por encima de ellos—.

Elena, sal de aquí y llévate a *Plata* y a *Tormenta* contigo. Ésta es mi pelea.

Elena asintió y puso una flecha en el arco. Apuntó a la Fiera que hacía círcu-

los tranquilamente cada vez más alto. *Halkon* se preparaba para volver a lanzarse.

—Yo te cubro —gritó retrocediendo mientras apuntaba con el arco—. ¡*Plata*! ¡*Tormenta*! ¡Aquí!

Tom flexionó la mano, intentando relajar sus músculos mientras *Tormenta* y *Plata* corrían hacia Elena. Los tendones le dolían intensamente. Pero por fin consiguió sujetar la espada y apuntar a la Fiera.

Halkon empezó a caer como una piedra. Un minuto, era un punto negro en el cielo, y al minuto siguiente, estaba encima de él. Tom se tiró al suelo y la Fiera pasó a su lado planeando. El apestoso viento casi le arrebata la espada de su mano herida. Quería gritar de dolor, pero consiguió aguantar. *Halkon* se dio la vuelta rápidamente. Elena disparaba flechas a la Fiera, pero rebotaban inútilmente en sus alas. Tom consiguió ponerse de pie y levantó la espada desafiante mientras *Halkon* se preparaba para atacar por tercera vez.

La Fiera se lanzó en picado, planeó y volvió a subir. Parecía como si se estuviera divirtiendo. Dio varias vueltas en espiral con las alas pegadas al cuerpo,

apuntando con su inmenso pico a Tom. El chico se tiró al suelo, pero no fue lo suficientemente rápido. La punta de una de las alas de la Fiera lo golpeó en la parte de atrás de la cabeza derribán-

dole al barro y la hierba. Un golpe más y el muchacho se quedaría sin fuerzas. Tom se sentía como si estuviera jugando con él al gato y al ratón. Consiguió ponerse de pie una vez más y corrió detrás de la Fiera con la espada en alto. Ahora le dolía la mano más que nunca. *Halkon* era muy astuto; volaba tan cerca que el muchacho casi podía tocarlo con la punta de la espada, aunque nunca lo conseguía. Quería subirse a su lomo, pero le iba a resultar imposible. Si la Fiera veía sus intenciones, no dejaría que se acercara.

«Si veía...» ¡El anillo! Tom se obligó a dejar de correr. Cerró los ojos y se quedó todo lo inmóvil que pudo. «Por favor, funciona», rogó. Sabía que su vida dependía de ello. Los crueles espolones de *Halkon* estaban listos para partirlo por la mitad en cuanto tuvieran una ocasión.

Tom se quedó quieto en su sitio y esperó a que la Fiera se acercara.

CAPÍTULO OCHO

EL PODER DE DESAPARECER

Halkon apretó las alas contra su cuerpo y se lanzó hacia Tom. El muchacho no podía quedarse más tiempo quieto. Se sentía atraído por los horribles ojos rojos. Se imaginó los espolones afilados rasgándole la carne… Parpadeó con fuerza y se forzó a quedarse en el sitio, concentrándose en los espolones que se dirigían hacia él.

Halkon se detuvo confundido. Frenó

su descenso y aleteó sin moverse. Sus ojos brillantes recorrieron el campo como el fuego. Echó su horrible cabeza hacia atrás y gritó. Había perdido a su presa.

Tom estaba emocionado. ¡La magia

había funcionado! Quería dar un grito de alegría, pero eso revelaría su posición. Con el rabillo del ojo observó que Elena levantaba los puños en señal de triunfo al ver que había conseguido desaparecer. Tom aguantó la respiración y empezó a moverse muy lentamente mientras la Fiera gritaba y planeaba más bajo. Tenía que volver a confundirla. ¿Cómo de rápido podría moverse hasta que *Halkon* lo volviera a ver?

La Fiera iba a tomar tierra. Tom esperó. Estaba decidido a ganar. Aguantó la fuerza del viento apestoso que hizo el pájaro al aterrizar unos metros más allá. Mientras *Halkon* doblaba las alas para posarse en el suelo, Tom volvió a ver las extrañas plumas verdes. «¡Eso es!» Se dio cuenta de que Velmal controlaba al pájaro gigante con esas plumas. Tenía que arrancárselas. La Fiera volvió la cabeza de izquierda a derecha, buscando con sus ojos brillantes a su presa invisible.

Cada vez estaba más cerca. Ahora Tom estaba a tan sólo un metro de ella.

«Ésta es mi única oportunidad», pensó. Recordó las caras de hambre de los campesinos y sabía que tenía que liberar a *Halkon* del perverso maleficio de Velmal. Sujetó la espada con todas sus fuerzas y apuntó al ala de la Fiera. El aire silbó. Tom vio que con el movimiento rápido, su brazo había dejado de ser invisible.

La Fiera se dio la vuelta como un rayo. Miró con odio al chico y le clavó sus brillantes ojos. Retrocedió mientras echaba su espantosa cabeza hacia delante. Después chilló y aleteó con fuerza. El

impulso del viento hizo salir a Tom volando.

Se reincorporó todo lo rápido que pudo. Ahora que la Fiera lo podía ver, era cuestión de tiempo hasta que lo partiera en dos con su afilado pico.

Tom tenía que seguir usando su magia para confundir a *Halkon* hasta cansarlo. Tenía que aparecer y desaparecer una y otra vez, donde menos se lo esperara. Así, con un poco de suerte, conseguiría acercarse a las plumas verdes y brillantes, y arrancárselas. Conocía lo suficiente de la magia oscura para saber que esas plumas eran la llave que solucionaría el problema.

Se alejó corriendo de la Fiera. Se tambaleó con el fuerte viento mientras *Halkon* volvía a levantar el vuelo. La Fiera lo persiguió entre los tallos rotos de maíz. Tom se dio la vuelta, siguió corriendo y después se volvió a quedar inmóvil. Al mirarse no pudo evitar una sonrisa. Había vuelto a desaparecer.

Halkon interrumpió su vuelo abruptamente. Se levantó en el cielo y empezó a dar vueltas buscándolo.

—Mientras la sangre corra por mis venas, pienso liberarte de esta maldición —prometió Tom para sus adentros. Y una vez más, salió corriendo por el campo en dirección contraria.

Halkon fue detrás de él como una flecha. Tom no se detuvo. Esquivó a la Fiera y se agachó. Las apestosas plumas negras le rozaron el escudo que llevaba en la espalda. El pico afilado del pájaro se cerró, pero falló. El muchacho se había tirado al suelo y estaba inmóvil como una piedra, por lo que desapareció una vez más.

Halkon se elevó en el aire con un terrible rugido de derrota. Tom movió la cabeza lentamente. Vio a Elena en un lado del campo con el arco listo para disparar. *Tormenta* y *Plata* estaban a su lado. Si consiguiera que *Halkon* se acercara un poco más, Elena podría ayudarle a vencer a la Fiera.

Plata ladraba salvajemente. *Tormenta* pateaba el terreno y echaba la cabeza hacia atrás. *Halkon* se arriesgó y bajó planeando, a pesar de que no sabía dónde se encontraba Tom. Extendió uno de sus espolones brillantes, que pasó rozando al chico como una guadaña. Tom tragó saliva e intentó no pensar en lo cerca que había estado de perder un brazo.

Una vez que la Fiera se alejó a una distancia prudencial, Tom volvió a correr. Agotado, zigzagueaba hacia el lugar donde Elena apuntaba con la flecha de su arco siguiendo los movimientos de la Fiera. *Halkon* chilló de frustración y se alejó cuando Elena le lanzó una flecha que se le clavó en el ala.

En ese momento, Tom se incorporó y salió hacia delante. Mientras corría por el barro, de algo estaba seguro.

Estaba a merced de *Halkon*.

CAPÍTULO NUEVE

PLUMAS MALDITAS

Tom notó el viento que producía *Halkon* al acercarse y oía las flechas de Elena que pasaban silbando por encima de su cabeza. Los ladridos de *Plata* se perdían en el viento huracanado que amenazaba con levantarlo y estrellarlo contra el suelo. Esperó el ataque de *Halkon*. ¿Acabaría como el campesino indefenso que estaba muerto al final del campo? Si era así, la Fiera lo despedazaría después con su pico...

Con un último esfuerzo, levantó la cabeza. La Fiera tenía las alas y los espolones extendidos en su dirección. Las plumas verdes brillaban. Las tenía casi a su alcance. Si tan sólo consiguiera saltar antes de que las volviera a doblar...

Recapacitó. Pensó en su padre, Tala-

dón, y en todo lo que había pasado el Maestro de las Fieras para mantener a Avantia a salvo. Pensó en el rey Hugo, que había puesto tanta fe en él y en sus Búsquedas. Pensó en la gente de Gwildor que se estaba muriendo de hambre y en sus amigos leales, que lo llamaban y lo animaban a seguir.

Tomó impulso con las piernas y dio un salto.

—¡Eso es, Tom! —oyó gritar a Elena, triunfante. Estiró los brazos hacia arriba y sus dedos se cerraron en las plumas verdes. Estaban calientes y le quemaban los dedos como si fueran ácido. La Fiera chilló de dolor mientras Tom tiraba. *Halkon* se levantó del suelo, intentando dar picotazos. Pero no llegaba con el pico hasta donde el chico estaba. Tom aguantó. La tierra se alejaba a medida que *Halkon* se elevaba en el aire y él se mantenía sujeto a su ala.

A pesar de sus intentos, el muchacho no consiguió arrancarle las plumas. Sentía la magia malvada que le quemaba los dedos mientras tiraba de ellas. El dolor de la cicatriz que le había hecho *Krab* era insoportable. Sabía que si le arrancaba ahora las plumas, caería al suelo y probablemente se mataría. Pero tenía que hacerlo. El futuro de Gwildor, y de Avantia, dependía de él.

Elena, *Plata* y *Tormenta* se veían como pequeños puntos en el suelo. Los tejados de paja del pueblo de al lado parecían lentejuelas doradas que brillaban con el sol. Tom pensó que iba a desmayarse del dolor y de la peste que echaba *Halkon*, mientras la Fiera intentaba picarle una y otra vez y volaba en círculos cada vez más pequeños. Estaba mareado, y el dolor que sentía en los hombros de estar colgado de *Halkon* era insoportable. Dio un último tirón con todas sus fuerzas.

—Mientras la sangre corra por mis venas —murmuró. Por fin, consiguió des-

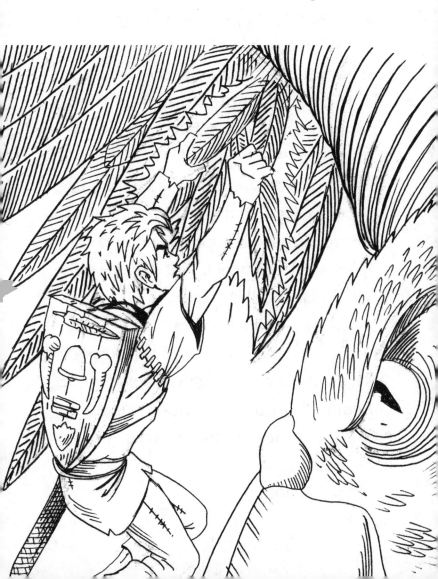

prender las plumas del cuerpo de *Halkon* y empezó a caer dando vueltas en el aire.

Con un gran esfuerzo, alargó la mano para sacar la pluma del águila que estaba incrustada en la superficie del escudo que llevaba colgado a la espalda. Inmediatamente sintió que bajaba más despacio. La magia estaba funcionando.

Desde arriba, *Halkon* daba vueltas alegremente y graznaba. Ahora sonaba diferente. Sonaba a libre.

Tom aterrizó con suavidad en el suelo y dobló las rodillas al caer.

—¡Tom! —Elena corría hacia él, medio riendo, medio llorando. Detrás de ella, vio a *Plata* que jugaba a perseguirse la cola como un lobezno—. Pensábamos que nunca lo conseguirías. Pero ¡lo conseguiste!

Tom sonrió.

—Lo conseguimos —corrigió.

Limpió la tierra de los amuletos mágicos que más de una vez lo habían ayudado y volvió a colgarse el escudo a la espalda. *Tormenta* acercó su morro aterciopelado al cuello de Tom y le hizo cosquillas. Él se rió y levantó la mano para acariciar al caballo. En la otra mano seguía sujetando las plumas que le había arrancado a *Halkon*. Parecían tan inocentes... Tom sabía que ahora que las plumas se habían enfriado, la magia malvada había desaparecido para siempre.

De pronto, sintieron un extraño temblor de tierra bajo sus pies. Tom se levantó, hundiendo los dedos en el pelaje de *Plata* para ayudarse. Él y Elena se quedaron boquiabiertos al ver cómo los tallos rotos de maíz volvían a enderezarse. Un brillo dorado los iluminaba a medida que se estiraban. Delante de sus ojos, aparecieron mazorcas frescas de maíz.

—¡Es magia! —murmuró Elena tocando el maíz que ya estaba madurando por todas partes. Todo el campo volvía a estar como antes de que la Fiera lo hubiera destrozado.

A lo lejos, *Halkon* planeaba vagamente. Sus horribles graznidos ahora eran

una agradable melodía. Volvía a ser el que había sido. Patrullaba los cielos a los que pertenecía y protegía la tierra que amaba.

Habían vuelto a vencer la maldición de Velmal.

CAPÍTULO DIEZ

EL VERDADERO DESTINO DE TOM

En la base de un árbol, al otro lado del campo, Tom y Elena vieron que el cuerpo del hombre se movía y se levantaba conmocionado. Un niño pequeño apareció desde detrás de una valla y corrió hacia él. Sus gritos de alegría se mezclaron con la brisa mientras el padre levantaba a su hijo en sus brazos.

Unos campesinos aparecieron por un lado del campo. Miraban incrédulos cómo sus cosechas habían vuelto a su antigua gloria. Los árboles caídos ahora estaban de pie. La fruta maduraba en las ramas, que se estiraban hacia el cielo. Un niño acercó una mano vacilante a un racimo de moras que había aparecido en el seto. Las probó con mucho cuidado, como si temiera que se fueran a deshacer en sus manos.

—¿Cómo ha podido pasar?

—¡La tierra se ha curado!

—¡Comida!

Elena se rió mientras el niño de las moras corría hacia ella y le rodeaba la cintura con sus brazos. Por todas partes había caras sonrientes y gritos de alegría.

—Gracias —dijo una voz detrás de la multitud jubilosa—. ¿Cómo os lo podemos agradecer?

Tom y Elena vieron al hombre que había amenazado antes a Tom con la daga abriéndose paso entre la gente. Se arrodilló delante de él.

—No sé cómo lo has hecho —dijo—, pero sé que has sido tú el que ha salvado a Gwildor. Nos has traído nuevas esperanzas. ¡Y yo te puse la daga al cuello! No sé qué decir.

Tom hizo que se levantara.

—No tienes que decir nada —dijo—. De verdad. Ya se me ha olvidado.

—¡Hagamos un festín! —gritó la anciana que les había enseñado el extraño cuadro—. Seréis nuestros invitados. ¡Vamos a prepararlo!

Una explosión de alegría estalló entre la multitud mientras los campesinos se daban la vuelta y salían del campo. Tom y Elena oían parte de sus conversaciones.

—¡Manzanas! ¡Peras! ¡Moras! ¡Todos los colores de las cosechas de Gwildor!

Tom y Elena observaron cómo se alejaban. Tom oyó un pequeño ruido en el suelo y miró hacia abajo. Allí estaba la perla mágica que les había dado a los campesinos para que no se murieran de hambre. Alguien se la había devuelto. Se agachó, la cogió con la mano con la que usaba la espada y se estremeció de dolor. La cicatriz se había extendido más. Tom decidió estudiar la perla en lugar de preocuparse. Era más pesada y bonita que nunca y le gustaba tenerla de nuevo en su mano. Nunca más volvería a perderla de vista.

—Menos mal que tenías el anillo de Freya —murmuró Elena cogiendo la mano de su amigo y examinando el anillo dorado en su dedo meñique.

Mientras Tom pensaba en las Fieras de la Maestra de las Fieras de Gwildor que seguían sometidas a la maldición, se encontró envuelto en una oscuridad. El aire se volvió helado. Una fuerza invisible lo levantó y lo tiró contra el suelo. *Plata* aulló y *Tormenta* se levantó sobre sus patas traseras. Antes de que Tom pudiera reaccionar, Freya apareció delante de él.

Su largo pelo se agitaba sobre su cabeza y sus hombros como si fueran serpientes negras. Llevaba su armadura y tenía la cara retorcida de rabia, lo que le daba un aspecto temible. Pero aun así, Tom quería ayudarla.

—Mientras la sangre corra por mis venas, te liberaré, Freya —dijo aguantando la mirada furiosa de la Maestra de las Fieras.

—¡No quiero ser libre! —espetó Freya. Sus ojos brillaban de odio. Pero Tom no apartó la mirada—. ¿Es que no lo entiendes? Gwildor no significa nada para mí. ¡Velmal es ahora mi dueño!

El chico sintió una punzada de dolor en el corazón. Acercó la mano hacia la

mujer que tenía delante. Freya retrocedió sonriendo.

—Nunca conseguirás finalizar esta Búsqueda —se burló—. *Krab* y *Halkon* no eran nada. ¿Es que acaso estás listo para enfrentarte a *Rok*, la montaña viviente? No, Tom. Nadie puede vencerlo. Aléjate de Gwildor mientras puedas.

El aire se arremolinó. La oscuridad se levantó. Una vez más, Tom, Elena, *Plata* y *Tormenta* se quedaron solos bajo la luz de Gwildor. Tom se volvió para mirar a Elena, que hundía los dedos con indecisión en el grueso pelaje de *Plata*.

—¿Crees que esta Búsqueda va a ser demasiado peligrosa, Tom? —preguntó con voz de preocupación—. ¿Crees que hemos empezado algo que no vamos a poder terminar?

Tom negó con la cabeza.

—No —dijo con los dientes apretados—. No me importa lo que diga Freya. Nunca me rendiré. No sé cómo explicarlo, Elena, pero me da la sensación de que esta Búsqueda es mi verdadero destino. —Levantó la espada en el aire—. ¡Y jamás le daré la espalda!

ACOMPAÑA A TOM EN SU
SIGUIENTE AVENTURA
DE *BUSCAFIERAS*

Enfréntate a las Fieras.
Vence a la Magia.

www.buscafieras.es

¡Entra en la web de *Buscafieras*!

Encontrarás información sobre cada uno de los libros,
promociones, animación y las últimas novedades sobre
esta colección.

Fíjate bien en los cromos coleccionables que regalamos
en cada entrega. Cada uno de ellos tiene un código
secreto en el reverso que te permitirá tener acceso
a contenidos exclusivos dentro de la página
web de *Buscafieras*.

¿Ya tienes todos los cromos?
¡Atrévete a coleccionarlos todos!

Consigue la camiseta exclusiva de BUSCAFIERAS!

Sólo tienes que rellenar **4 formularios** como los que encontrarás al pie de esta página de **4 títulos distintos** de la colección Buscafieras. Envíanoslos a EDITORIAL PLANETA, S. A., Área Infantil y Juvenil, Departamento de Marketing (BUSCAFIERAS), Avda. Diagonal, 662-664, 6.ª planta, 08034 Barcelona

Promoción válida para las 1.000 primeras cartas recibidas.

Nombre del niño/niña: ....

Dirección: ....

Población:.. Código postal: ....

Teléfono: .... E-mail: ....

Nombre del padre/madre/tutor: ....

☐ Autorizo a mi hijo/hija a participar en esta promoción.

☐ Autorizo a Editorial Planeta, S. A. a enviar información sobre sus libros y/o promociones.

Firma del padre/madre/tutor:

BUSCAFIERAS Nº 26 PRUEBA DE COMPRA
